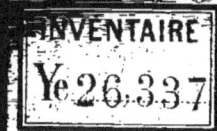

LE
SACRE DU ROI,
ODE

SUIVIE D'UN PETIT POÈME SUR LA MORT DE LOUIS XVIII
ET SUR L'AVÉNEMENT DE CHARLES X AU TRÔNE.

Par M. LEROY-KANIOU,

RECEVEUR DE L'ENREGISTREMENT ET DES DOMAINES,
A MONTAUBAN (Ille et Vilaine).

A RENNES,

CHEZ VATAR, LIBRAIRE;

A PARIS,

CHEZ RAYNAL, LIBRAIRE, RUE PAVÉE-SAINT-ANDRÉ-DES-ARCS,
N°. 13.

1825.

DE L'IMPRIMERIE DE COUSIN-DANELLE, A RENNES.

ODE

SUR

LE COURONNEMENT

DE

SA MAJESTÉ CHARLES X.

FRANCE, entends-tu l'airain sonore
S'unir au bronze des combats ?
O mon pays, faut-il encore
Que tes enfans arment leurs bras !
Non !..... cet airain que l'on balance,
Loin d'exciter à la vengeance,
Au plaisir invite ton cœur :
Et le nouveau bronze qui gronde,
Lassé d'épouvanter le Monde,
Lui vient annoncer le bonheur.

Quel heureux prodige s'opère !
Nous respirons un air plus doux ;
La nature se régénère,
Un plus bel astre luit pour nous.
Tout prend une face nouvelle :
Français, qu'une fête si belle
Unisse nos cœurs et nos voix !
Volons au temple !..... l'heure sonne.....
Déjà le Tout-Puissant couronne
Le digne héritier de cent Rois.

~~~~~~~~~~~~~~~~

Entonnez vos pieux cantiques,
Prêtres du Dieu de l'Univers,
Et que ces voûtes, ces portiques
Retentissent de vos concerts !
Hâtez-vous, prélat vénérable,
Voyez, près de la Sainte-Table,
Un Roi de France prosterné !
Imposez les mains sur le juste,
Et placez sur son front auguste
Du Dieu vivant le sceau sacré.

RENTREZ dans le néant, perfides,
Parjures et conspirateurs ;
Cessez vos complots parricides,
Brisez vos glaives destructeurs.
CHARLES reçoit l'onction sacrée !.....
Avec la Patrie enivrée
Révérez L'OINT de l'Éternel !
Eh ! que pourrait la félonie ?.....
Du Ciel la puissance infinie
Désarmerait l'affreux Louvel.

~~~~~~~~~~~~~~~~~~

BEAUX-ARTS, reprenez votre empire,
Fécondés par la douce paix :
CHARLES ne règne, ne respire
Que pour répandre des bienfaits.
Sous ce Roi généreux et sage,
Toutes les vertus du vieil âge
Viendront embellir nos destins :
Franchise, honneur, galanterie,
Reconnaissez votre Patrie,
Vous êtes nos concitoyens !

O vous, qu'un moment de faiblesse
Retient dans de sombres cachots,
Prenez part à notre allégresse,
Ce jour va terminer vos maux !
CHARLES vous rappelle à la vie.....
Déjà le doux mot d'*amnistie*
A retenti dans votre cœur :
Allez, pleins de reconnaissance,
Publiant partout sa clémence,
Bénir votre libérateur.

~~~~~~~~~

ACCOUREZ, aimable jeunesse;
Qu'on entende vos chants d'amour !
Voici l'heure de la tendresse :
Que tout la respire en ce jour !
Approchez, sensibles amantes,
O vous, dont les flammes constantes
Vous coûtèrent tant de soupirs ;
Portez à l'hymen vos guirlandes :
Ce Dieu, paré de vos offrandes,
Va combler vos secrets désirs.

Et vous, enfans de la victoire,
Soldats blanchis sous nos drapeaux,
Vous, qui fîtes tout pour la gloire,
Goûtez le fruit de vos travaux.
Dans les bras d'une tendre amie,
Aux pieds d'une mère chérie
Portez les lauriers du vainqueur !
Et comblés des bienfaits du Prince,
Faites voir à votre province
Les prix qu'il réserve à l'honneur.

Que cet heureux jour nous rassemble,
Français, c'est notre fête à tous !
Amis, répétons tous ensemble,
Ces vœux si chers, ces vœux si doux :
Vive la Famille adorée
Qui veille à notre destinée !
Vive le vainqueur de Cadix !
Vive l'espoir de la couronne,
Ce noble enfant que Dieu nous donne !
Vive notre Roi Charles dix !.....

LA FRANCE

AU 16 SEPTEMBRE 1824. (*)

La France pour son Roi tremblante, consternée,
Implore ta clémence, à tes pieds prosternée,
Grand Dieu ! Jette sur elle un regard attendri ;
Daigne entendre sa voix pour son Prince chéri ;
Rends ce Monarque auguste aux pleurs de la Patrie,
Et commande à la mort de respecter sa vie.
Il est l'amour, la gloire et l'orgueil des Français.....
Suspends l'arrêt fatal, pour prix de ses bienfaits !
　Proscrit par des méchans, ce Prince magnanime
Pleura sur ces ingrats et pardonna leur crime.

(*) L'auteur a fait cette pièce de vers lors des grands événemens
qu'elle rappelle. Il ne songeait pas à la livrer à l'impression ; il y
a été déterminé par ses parens et ses amis, et sur-tout par le suf-
frage de Son Exc. le Ministre d'État, directeur général de l'enregistrement et des domaines, qui a daigné en agréer le manuscrit.
　Quoique l'époque actuelle soit destinée aux fêtes et au plaisir,
et que cette pièce doive renouveler les regrets des lecteurs, l'auteur
ose espérer qu'ils ne lui sauront pas mauvais gré qu'il la leur pré-
sente..... Ils y verront un hommage rendu à la mémoire d'un Prince
dont le souvenir sera toujours cher aux cœurs vraiment français.

Sur un sol étranger, errant et malheureux,

Le bonheur des Français fut l'objet de ses vœux.

Après vingt ans de deuil, de sang et de carnage,

Oubliant ses malheurs, oubliant son outrage,

Il vint à son pays porter la douce paix,

Et rappeler la joie aux cœurs de ses sujets.

Il arrive !..... et partout une heureuse abondance

Signale son retour, ramène l'espérance ;

Sa grande âme lui dicte un ouvrage immortel,

De son amour pour nous monument solennel.

De notre heureux pays la discorde est bannie ;

Le commerce reprend une nouvelle vie ;

La justice renaît, et les arts protégés

Présagent aux Français des jours plus fortunés.

On perd le souvenir d'une sanglante guerre :

Du bronze meurtier l'effroyable tonnerre

A cessé de porter ses homicides coups.

L'épouse dort tranquille auprès de son époux ;

Le fils ne frémit plus d'abandonner sa mère ;

La sœur ne tremble plus pour les jours de son frère ;

La mère voit les pleurs se tarir dans ses yeux,

Et l'amant ne fait plus de déchirans adieux.

Aux regrets, aux chagrins succède l'allégresse,

Et les soupirs d'amour aux larmes de tristesse.

Tout renaît, tout respire à l'ombrage des lis ;

Tout proclame à la fois les bienfaits de LOUIS.

Grand Dieu ! tels sont ses droits à l'amour de la France !
Son peuple avec ardeur implore ta clémence,
Et si ce n'est assez de ces titres sacrés !!.....
C'est lui qui raffermit tes autels ébranlés ;
C'est lui qui, professant ta céleste doctrine,
Fit respecter partout ta morale divine ;
C'est lui qui de ton culte, auguste protecteur,
Lui rendit son éclat, son antique splendeur.
Que de titres, grand Dieu, pour fléchir ta colère !
Laisse-nous notre Roi, laisse-nous notre père !
Tu conservas les jours du sage Ezéchias.....
Daigne arracher Louis des portes du trépas.
Il a plus fait pour toi que ce Roi de Judée :
Aujourd'hui comme alors, fais que *l'ombre étonnée,*
Reculant à ta voix, prouve à nos sens émus
Et ta toute-puissance et le prix des vertus.

Mais quel lugubre son vient de se faire entendre ?
Ciel ! c'est l'airain funèbre... Ah ! que vient-il m'apprendre ?...
Français, versez des pleurs !.... Il n'est plus ce bon Roi....
Rien n'a pu l'arracher à la commune loi.
Nos plaintes, nos soupirs, notre ardente prière,
Rien n'a pu prolonger sa brillante carrière.
Ah ! que n'as-tu, Seigneur, plus juste en ton courroux,
Épargné notre Prince et tonné contre nous !
On nous aurait vus tous, adorant ta justice,
Pour sauver notre Roi, voler au sacrifice.

Par le plus grand des maux tu voulus nous punir :

Dieu cruel ! sois content, et laisse-nous mourir !.....

    Mais qu'ai-je dit ? ô ciel ! n'est-ce point un blasphême ?

Je m'égare,..... pardonne à ma douleur extrême.

Hélas ! je t'outrageais;..... le remords me poursuit.....

Déjà ta juste main sur moi s'apesantit.....

Tous mes sens sont émus,..... à peine je respire.....

Dieu puissant, prends pitié de mon cruel délire !

Un prestige nouveau vient s'emparer de moi.....

J'entends de toutes parts crier : VIVE LE Roi !

Est-ce un songe trompeur?... Non !... Quel trait de lumière !

Louis n'existe plus, mais nous avons son frère....

    Grand Dieu ! je me prosterne au pied de tes autels,

Et j'adore en tremblant tes décrets éternels.

Pour remplacer Louis, ta sagesse suprême

Nous donne CHARLES DIX, son frère,..... autre lui-même,

Qui partagea son sort, ses royales douleurs,

L'ennui de son exil, l'excès de ses malheurs ;

Qui, dans l'adversité, soutenant son courage,

A ses rares vertus fit rendre un juste hommage.

Tu le sais, Dieu puissant, combien, à son aspect,

L'étranger se sentait pénétré de respect.

CHARLES fit tout pour lui. Rempli d'un noble zèle,

Il se montra toujours des frères le modèle.

C'est lui qui mit un terme à ses longues douleurs,

Qui de fiers ennemis lui fit des défenseurs.

Pénétré de nos maux, c'est lui dont l'âme aimante
En fit aux alliés la peinture effrayante ;
C'est lui qui, plein d'amour pour notre beau pays,
Sans cesse y ramenait ses regards attendris ;
C'est lui qui termina notre cruelle guerre ;
C'est lui qui cimenta le repos de la terre ;
C'est lui qui, s'élançant dans nos rangs confondus,
S'écria : *Mes amis, c'est un Français de plus !*.....

 Par ces traits généreux, CHARLES se fit connaître :
France, sèche tes pleurs, CHARLES devient ton maître.
Héritier de LOUIS, il mettra son bonheur
A remplir ton attente, à conserver ton cœur.
Livre-toi donc sans crainte à la douce espérance,
D'un heureux avenir tout t'offre l'assurance :
CHARLES règne sur toi, veille sur tes destins ;
Ton sort pouvait-il être en de plus sûres mains ?
Il t'aime, tu le sais, plus que sa propre vie ;
Cent fois il t'en donna la noble garantie.
Jette les yeux sur lui, contemple tous ses traits :
Tous te révéleront le cœur d'un Roi français.

 Regarde autour de lui son auguste Famille :
Vois ce brave Dauphin ; vois l'éclat dont il brille.
Tout couvert des lauriers qu'il cueillit à Cadix ;
Vois-le, guerrier modeste, auprès de CHARLES DIX,
Chercher aux yeux d'un père enivré de sa gloire,
Un regard satisfait pour prix de la victoire ;

Dans ses bras paternels accourir radieux,

Et courber vers son Roi son front respectueux.

Grand Prince, Fils soumis, Sujet tendre et fidèle,

La vertu te réserve une palme immortelle.

Ton nom, cher aux Français, des voisins redouté,

Ira, couvert de gloire, à la postérité!

Regarde, ô mon pays, son Épouse chérie,

Cette Fille des Rois, l'orgueil de la Patrie,

Qui soutint et l'exil et la captivité

Avec tant de grandeur et tant de fermeté!

Qui connut le malheur au printems de son âge;

Qui s'immortalisa par son mâle courage.

Observe tous ses pas, admire sa bonté,

Vois l'affligé content; le captif consolé.

Orphelins, essuyez votre humide paupière,

Le Ciel vous a rendu la plus sensible mère;

Accourez indigens, volez à ses genoux :

Sa libérale main est ouverte pour vous.

France, contemple encor cette jeune Princesse,

Dont les traits sont empreints d'une sombre tristesse.

Elle pleure sur toi!..... toi qui donnas le jour

Au traître qui frappa l'objet de son amour;

A ce monstre odieux dont la féroce rage

La livra pour jamais au plus cruel veuvage;

A ce tigre altéré du plus généreux sang,

Qui croyait immoler les BOURBONS dans son flanc!

France, on te vit frémir ! mais Dieu, qui te protège,
Prit soin d'anéantir un dessein sacrilège.
Il te vit tressaillir d'épouvante et d'horreur ;
Il entendit ta voix en ce jour de douleur,
Et soudain attendri des pleurs de l'innocence,
De cette illustre veuve embrassant la défense,
Il lui rend le courage ; et le Duc de Bordeaux,
Henri le Dieu-Donné, vient réparer tes maux.

Tes chagrins sont finis, ô ma belle Patrie !
De tels Princes rendront ton sort digne d'envie.
Sûre de leur amour, va leur offrir ton cœur ;
Ce présent fut toujours aux Bourbons bien flatteur.

Rendons grâce à ce Dieu dont la bonté propice
Nous tend, dans le malheur, une main protectrice.
Français, adressons-lui notre hommage et nos vœux :
Que Charles règne en paix sur nous, sur nos neveux ;
Qu'il trouve en ses sujets tendresse pour tendresse ;
Que son nom soit partout un signal d'allégresse ;
Qu'il conserve long-tems la force et la santé ;
Qu'il soit toujours servi par la fidélité ;
Que pour mieux soutenir le poids de sa couronne,
D'hommes vraiment Français sans cesse il s'environne.
Semblable à son aïeul, que ce nouveau Henry
Bannisse les flatteurs et rencontre un Sully ;
Qu'il préserve l'État du fléau de la guerre ;
Que ses armes jamais n'ensanglantent la terre ;

Que son règne, marqué par une longue paix,

Lui montre autant d'heureux qu'il compte de sujets.

Mais si, se parjurant, quelqu'ennemi perfide,

Jaloux de son repos et de meurtres avide,

Osait tenter le sort d'un injuste combat,

Que pour venger son Roi tout Français soit soldat ;

Qu'à l'étendard des lis se fixe la victoire ;

Que ses rivaux soumis éternisent sa gloire !

   Et vous, de ce grand Prince, illustres rejetons,

Vous, dignes héritiers du trône des Bourbons,

Vous que la France entière avec orgueil contemple,

De vos rares vertus donnez long-tems l'exemple.

Vivez, vivez heureux près d'un Père chéri ;

Soyez de ses vieux ans et la gloire et l'appui,

Et quand la main du tems fermera sa paupière ;

Faites-nous retrouver en vous ce tendre Père.

FIN.